Alexy Laurenzi

La Femme au Manteau

Editions Books On demand

Personnages:

Bent Harrison
Commissaire Kramer
Deux policiers
Deux policemans
Ethan
Ethan Cook : le fourreur
Jack :Policier
Jason : Policier
Jeff
Jeffrey : domestique du juge
Jefferson : le banquier
Karl : Larbin de Luciferna
L'agent d'accueil de la banque
La dame du train
La mère du petit garçon
La secrétaire du docteur
Le chef de Gare
Le docteur
Le domestique de monsieur Stan
Le domestique de monsieur Hatsion
Le petit garçon
Le contrôleur
Le juge Watson
Les parents d'Ethan
Le serveur
Luciferna Dey
Monsieur Stan
Monsieur Hatsion
Un avocat

Après son arrestation-pour avoir kidnappé des petits labradors et s'en faire un manteau de fourrure-Luciferna Dey fut isolée dans une cellule-aux murs gris et froids avec pour seul mobilier une petite table, une chaise et un lit-gardée par un gardien nommé Jeff effrayé par la détenue.
Elle allait sur ses 58 ans et était toujours aussi déterminée d'obtenir son manteau.
Luciferna est assise à la table de sa cellule sur laquelle est posé son porte cigarette, elle le prend délicatement en se tenant avec la même distinction qu'on lui connaît.
On frappe à sa cellule. Elle ne répond pas.
Nouveau coup à la porte.
Luciferna: Oui ???....
Jeff : C'est Jeff Madame Dey
Luciferna: Eh bien Entrez imbécile!!!!
Jeff tourne la clef dans la serrure et entre.
Jeff : Pardonnez-moi madame….
Luciferna: Ma condition pardonne t'elle le fait de n'avoir que des incapables autour de moi? Qu'est-ce que vous voulez ?
Jeff : J'ai une lettre pour vous….
Luciferna ne la regarde pas elle se contente de tendre le bras vers lui tout en fumant sa cigarette.
Luciferna : Donnez !
Il lui tend la lettre, elle s'en saisit l'ouvre et la lit.

Madame Dey,

En voyage à Londres pour deux semaines je tiens à vous faire part de ma prochaine visite à la prison de Lantzbery afin d'entendre ce que vous avez à me dire.
Je viendrais donc à la prison le 07 avril 1999 à 14h05.

Veuillez agréer l'expression de mes sincères salutations.
Bent Harison.

Elle plie la lettre, la pose sur la table et se remet à fumer en silence en regardant dans le vide.
Jeff : Bonne nouvelle ?
Elle le regarde en lui lançant un souffle de fumée.
Jeff : Pardonnez-moi madame, n'hésitez pas à sonner si vous avez besoin de quoique ce soit.
Il ferme la porte et repart, Luciferna pose son porte cigarette prend une feuille de papier, un crayon et dessine le croquis du manteau de ses rêves.
Bent arrive à la prison, Jeff lui ouvre la porte.
Luciferna: Bent chéri!!!
Bent: Mes hommages madame
Il se penche pour lui baiser la main et s'assoit.
Luciferna: Comme je regrette de n'avoir rien d'autre à vous offrir
Bent: Ce n'est rien madame
Luciferna: Bent j'ai à vous parler d'une affaire très importante!
Bent: Je vous écoute!
Luciferna: Vous allez parcourir une centaines de pays!!!
Bent: Pourquoi donc?
Luciferna: Oh par pitié ne posez pas de questions!!!! Ceci est d'une évidence !!!!
Bent: Bien madame
Luciferna: Ça sera un jeu d'enfants pour vous, personne

de s'apercevra jamais de rien
Bent : En êtes-vous bien sûr ?
Luciferna : Oh je vous en prie vous n'aurez qu'a les tuer un à un pour éviter les soupçons
Bent : Je vois....
Luciferna : Bien entendu je paierai le prix fort combien désirez-vous ?
Bent : Je…
Elle perd patience.
Luciferna : Le feriez-vous pour deux millions de livres ?
Il change tout de suite de comportement.
Bent : Mais bien sur ma chère
Luciferna : Parfait vous commencerez par la France !!!
Bent : Quelle ville ?
Luciferna : Lyon, je tiens à préciser que vous avez quatre mois pour exécuter le contrat, je sors de prison dans trois mois, cela laisse tout le temps nécessaire
Bent : Bien madame !
Elle lui donne le croquis qui était posé sur la table.
Luciferna : Tenez
Il le prit et le regarde.
Bent : Vous avez ma parole
Luciferna : Enfin une once d'intelligence ce pitoyable univers, assurez-vous de ne pas vous faire remarquer, j'ai rédigé la liste de toutes les adresses dans lesquelles vous aurez à vous rendre
Bent : Entendu
Luciferna : Et soyez sur d'une chose, si vous rater l'opération je n'hésiterai pas à faire appel aux autorités
Bent : Mais….
Luciferna : Pour l'amour du ciel voulez-vous coopérer ou non ?
Bent : Oui madame
Luciferna : Bien alors plus un mot voulez-vous ?
Bent : Je dois m'en aller madame
Luciferna : C'est ça partez et pas de faux pas qui

pourraient faire basculer votre misérable existence.
Bent tape à la porte, Jeff vient lui ouvrir, il jette un regard furtif à Luciferna puis ressort, Jeff referme la porte, elle entame une cigarette.
Deux policemans de la prison discutent autour d'une tasse de thé, Jack lit le journal.
Jason : Dis mois Jack tu crois qu'elle va s'en sortir cette foi ?
Jack : Tu parles de qui ?
Jason : Luciferna Dey
Jack : Oui elle sort dans quatre mois mais si tu veux mon avis elle va se faire reprendre et pour de bon cette fois !
Jason : Quand je pense à ces pauvres petites bêtes, comment peut-on être aussi insensible ?
Jack : Tous ce que je peux te dire c'est que…
Le téléphone sonne, Jack prend le combiné.
Jack : Allô, oui bonjour, d'accord, très bien c'est noté, à vos ordres
Il raccroche.
Jason : C'était qui ?
Jack : Le juge Spencer, Madame Dey va finir sa période de détention dans une prison New-yorkaise.
Ils se lèvent tous les deux, mettent leurs képis, prennent leurs clefs et sortent.
La porte s'ouvre, Jeff, Jason et Jack entrent, comme à son habitude Luciferna tient une cigarette qui enfume toute la cellule.
Jack : Luciferna Dey
Luciferna: Oui?
Jack : Je dois vous informer de votre changement de lieu de détention
Luciferna: Tiens donc! Et où à t'ont choisi de me faire croupir cette fois ci ?
Jack : Au centre de détention New-Yorkais
Luciferna fut pris soudain d'un immense bonheur, elle

savait que New York possédait la plus grande quantité de labradors au monde.

Luciferna: Il faut croire que le destin tourne enfin à ma faveur, n'est-ce pas messieurs?

Jack : Vous partirez demain-après midi

Ils sortent de la cellule la laissant seul en compagnie de Jeff.

Jeff : Madame …. Je.... Je suis désolé….

Luciferna: Allez donc me chercher une tasse de thé au lieu de vous apitoyer sur mon sort imbécile!!!

Il part à toute vitesse, Luciferna reste silencieuse puis fut pris d'un rire démoniaque :

Luciferna : AAHAHAHAAHAHAHAHAHAHAH AHAHAHAHAHAHAHAHAHAHAHAHAHA HAHAHAHAHAHAHAHAHHHHHHHHHHHHH HHHAAHAHAHAHAHAHAHAHAHAHAHA HAHAHAHAHAHAHAHAHAHAHAHAHAH AHAHAHA.

Devant la prison Luciferna arrive menottée et vêtue d'un magnifique manteau de fourrure rouge, elle est accompagnée de Jeff et de Jack qui la font monter dans la voiture.

Bent marche dans la rue de New-York où il devait se rendre, il attend au coin de la rue qu'Ethan et ses parents partent.

Ethan : A ce soir Jim

Il s'en va avec ses parents, Bent s'approche de la porte d'entrée, défonce la serrure, et rentre à l'intérieur avec une lampe de poche et un sac, se trouve assit sur son tapis le labrador qu'il doit tuer.

Bent: Viens là petit, viens voir papa

Il attrape sans rien dire lui met un coup de massue sur la tête, le met dans un sac et sort. Trois semaines plus tard dans sa cellule Luciferna rédige une lettre à son Majordome.

Karl,

Veillez à faire transférer l'ensemble de mes affaires dans ma propriété de New-York et n'oubliez pas de prévenir Bent de mon changement d'adresse.

Miss Dey.

Elle se lève, tape à la porte de sa cellule, elle s'ouvre et tend une lettre, on ferme la porte.
Bent continua sa recherche des petits chiens. Il devait se rendre à Paris dans une demeure Bourgeoise dans laquelle vivait un vieil homme du nom de Monsieur Stan et qui n'avait que pour seule compagnie trois petits dalmatiens. Il tapa à la porte le vieillard vient lui ouvrir
Monsieur Stan : Bonjour vous désirez ?
Bent: Vous êtes Georges Stan?
Monsieur Stan : Oui mais Qu'es que vous voulez ?
Bent pousse Monsieur Stan sans dire un mot, ferme la porte puis l'assomme avant de kidnapper les trois labradors et les tuer à leurs tours, il regarde la liste.
Bent: Plus que quarante
Le téléphone sonne, Bent décroche.
Bent: Allô
La clinique : Monsieur Stan, ici le directeur de la clinique vétérinaire du 3éme arrondissement, je vous informe que votre chienne a mis au monde 16 petits vous pouvez venir dès à présent les chercher.
Bent raccroche sans rien dire.
Bent : C'est vraiment un jeu d'enfants !

Il rédige une lettre qu'il fait signer au vieillard en lui tenant la main.

Monsieur,
Auriez-vous l'obligeance de donner les 16 chiots à la personne qui vous portera cette lettre.
George Stan.

Bent : Bonjour
La secrétaire : Bonjour Monsieur
Bent : Je dois voir le directeur concernant la naissance de seize petits labradors !
La secrétaire : Vous devez être monsieur Stan, je vais le chercher !
Elle se lève et appel le docteur.
La secrétaire : Docteur, Monsieur Stan est là !
Le directeur : Faite le patienter j'arrive tout de suite !
La secrétaire : Veuillez-vous asseoir le médecin va vous recevoir.
Il s'assoit en silence sur un fauteuil de la salle d'attente.
Le directeur arrive.
Le directeur : Bonjour mais où est Monsieur Stan ?
Bent : Il m'a chargé de venir récupérer les chiots
Il lui tend la lettre.
Le directeur : Bien, très bien ! Mademoiselle voulez-vous préparer les petits et les donner à monsieur !
La secrétaire : C'est fait docteur, je vais les chercher
Elle se lève, rentre dans une salle et ressort avec un carton contenant les chiots.
La secrétaire : Les voilà docteur !!!
Le directeur : Donnez-les à Monsieur-*à Bent*- cela fera cinq cents francs pour les premiers frais !
La secrétaire tend le carton à Bent il le prend.
Bent : Adressez-vous directement à Monsieur Stan
Il part en silence avec les chiots avant de les tuer dans le coin d'une rue.
Devant la prison.
Karl : Bon…bonjour Madame

Luciferna : Tout est-il prêt ?
Karl : Oui…tout a été fait selon votre désir
Luciferna : Vous avez prévenu Bent ?
Karl : Je…. Je n'ai pas pu le prévenir
Luciferna : Imbécile, nous réglerons ça plus tard, en route !
Karl *et Luciferna rentre dans la voiture.*
Au manoir de Luciferna:
Luciferna : Karl, contactez Bent sur le champ, après vous contacterez un fourreur !!!
Karl : A oui un… un…fourreur
Luciferna : Avez-vous quelque chose à redire imbécile ?!!!!
Karl : Non. Madame…
Luciferna : Alors exécution !
Karl *se dirige vers le téléphone posé à côté d'un divan en soit, Luciferna allume une cigarette.*
Karl : Ca ne répond pas madame
Luciferna : Insistez !! Mais avant servez-moi une tasse de thé !!!
Karl : Tout de suite…. Madame
Luciferna : Et cessez vos politesses mielleuses par pitié !!!
Karl *verse du thé en tremblant et apporte le plateau vers Luciferna.*
Luciferna : Des événements en mon absence ?
Karl : Des événements ?
Luciferna : Je suppose que les journalistes ne se sont pas garder de venir rependre leurs venins sur ma triste expérience
Karl : Je….
Luciferna : Je quoi ?!!!
Karl : Personne n'est venu madame
Luciferna : N'essayez pas de mentir !!!!
Karl : Madame…Je
Luciferna : La ferme !!!!!!

Karl : Madame ?
Luciferna : Quoi encore ?!!!!
Karl : Vous…vous êtes sûr de vouloir encore… votre man… manteau ?
Luciferna : Que voulez-vous dire ?
Karl : C'est que depuis le temps que vous essayez….
Luciferna : Ai 'je des comtes à vous rendre ?!!!!
Karl : Non Madame
Luciferna : Donnez-moi le téléphone !!
Il lui apporte le téléphone en tremblant, Luciferna le prend et compose le numéro.
Luciferna : Allô Bent ? Où en êtes-vous dans l'opération ? Cinquante chiots ? Personne ne s'est douté de rien ?!!!Finalement je me suis lourdement trompé sur votre incapacité, assurez-vous de ne pas vous faire remarquer
Elle raccroche.
Luciferna : Karl !!!!!!
Karl : Oui madame !!!
Luciferna : Préparez la voiture et mon manteau en léopard de Bolivie !!!!
Karl : Où dois 'je conduire madame ?
Luciferna : Pas questions vous restez là !!!! Et si vous vous avisez de raconter ça à qui que ce soit, vous le paierez très cher !!!!
Karl : De…. De quoi ?
Luciferna : Imbécile !!! De mon manteau de fourrure !!!!!
Luciferna, se rend à la banque centrale de New-York en la voyant arriver la foule s'écarte avec frayeur, elle se rend à l'accueil.
Luciferna : Monsieur Jefferson je vous prie !
L'agent d'accueil : Oui tout de suite je le fais appeler !!!!
Elle se rend au bureau de Monsieur Jefferson, autour toutes activités avaient cessé tant la présence de

Luciferna les intrigués, l'agent revient avec Monsieur Jefferson.
Jefferson : Madame Dey !!!!
Luciferna : Monsieur Jefferson,
Elle lui tend la main, il lui fait un baise main.
Jefferson : Suivez-moi je vous prie
Ils se rendent dans son bureau et s'assoient
Jefferson : Que me vaut le plaisir de votre visite ?
Luciferna : Il est de la plus haute importance que vous transférez l'ensemble de mes comptes en Suisse dans votre banque !!!
Jefferson : L'ensemble de vos comptes ? Mais je croyais…que….
Luciferna : Que tout mon argent a été liquidé pour un vulgaire chenil à chiots oui je sais !!! Vous vous doutez bien que je ne me suis bien garder de faire transférer au préalable la somme de 700 millions de livre dans un compte en suisse !!!
Jefferson : Il s'agit en effet d'une belle somme ! J'aurais besoin de votre pièce d'identité
Luciferna : Mais enfin pourquoi faire ?!!!
Jefferson : Pour vous ouvrir un compte ici dans notre banque….
Elle lui tend sa carte.
Luciferna : Personne ne devra être au courant
Jefferson : Bien entendu… avez-vous le numéro de votre compte en Suisse ?
Luciferna : 98314 YH
Jefferson tape sur le clavier de son ordinateur en même temps puis contemple son compte.
Luciferna : Mais enfin de quoi parlez-vous ?
Jefferson : Il n'existe aucun compte sous ce numéro
Luciferna : C'est impossible réessayez !!!
Il ressaye.
Jefferson : Veuillez m'excusez madame, il s'agissait d'une maladresse

Luciferna : Peut-être que votre personne n'est pas à la hauteur de poste n'est-ce pas Jefferson !!!
Elle s'allume une cigarette.
Jefferson : Madame je ….
Luciferna : Dépêchez-vous de faire votre travail !!!
Jefferson : Oui madame
Au bout d'un moment elle perd patience.
Luciferna : Pourquoi est-ce si long ?
Jefferson : Je viens de finir à l'instant madame il me faudrait votre signature
Il lui donne les feuilles en tremblant, elle les signes.
Luciferna : Depuis combien de temps exercer vous auprès des services bancaires Jefferson ?
Jefferson : Six ans en juin
Luciferna : Tien donc
Jefferson : Que voulez-vous dire ?
Luciferna : Je ne pensais pas qu'un banquier ayant votre expérience et votre renommée puisse être aussi incompétent
Elle se lève et s'en va s'en rien dire laissant le banquier ébahit.
Luciferna rentre dans son manoir New-yorkais.
Luciferna : Karl !!!!!!!!!!!!!!
Il arrive.
Karl : Je suis la…ma…madame….
Luciferna : Rangez ça !!!!!!!!
Elle lui donne le dossier bancaire, Karl s'empresse d'aller le ranger puis revient, Luciferna s'assoit.
Karl : Madame, je voulais vous dire….
Luciferna : Me dire quoi ?
Karl : La police a téléphoné ce matin
Luciferna : La police ????!!!!! Que voulez-vous dire ?
Karl : Elle a dit que désormais votre demeure sera surveillée jour et nuit….
Luciferna : Les pauvres idiots !!!! Sortez !
Karl *reste sur place.*

Luciferna :
Sortezzzzzzzzzzzzzzzzzzzz !!!!!!!!!!!!!!!!!!!!!!!!!!!!
Karl *part vite en courant.*
Bent était arrivé à un total de 80 petits Labradors exécutés pour le compte de Luciferna, il était arrivé dans un petit village de province Allemande Asbenger, regarde sa liste puis voit au loin le chenil dans lequel vient les cinq suivants.
Bent : Et bientôt cinq de plus
Il se dirige vers le chenil, et rencontre la patronne du chenil
La patronne : Bonjour Monsieur, vous désirez ?
Bent : Je viens seulement en visiteur
La patronne : Soyez le bienvenu
Il avance d'un pas, sort de sa poche un mouchoir et du chloroforme, se retourne se jette sur la patronne en lui collant le mouchoir sur le nez, elle s'évanouit.
Bent : A nous à présent mes chers petits….
Il rentre dans le chenil, ferme la porte à clefs, sort son revolver puis leur tir dessus. Il sort.
Se dirige vers une cabine téléphonique et appel le manoir.
Karl : Manoir Dey, Oui Monsieur Bent
Luciferna se lève violemment et court vers le téléphone.
Luciferna : Passez-le-moi !!!Roooo, allô Bent, merveilleux, et où sont-ils ? Parfait, appelez-moi dès que le travail sera terminé
Elle raccroche.
Luciferna : Rappelez-vous Karl, pas un mot à qui que ce soit !!!
Bent était arrivé à Berlin avec pour seul bagages une grosse valise comportant le butin de Luciferna, il arrive devant un chef de gare.
Bent : Le train pour New-York !!!
Le chef de gare : Quai numéro 48
Bent : A quelle heure part-il ?

Le chef de gare : 18h56, voulez-vous que je porte votre bagage ?
Bent : Non, je m'en occuperai moi-même
Le chef de gare : Bien monsieur
Une dame arrive.
La Dame : Chef de gare
Le chef de gare : Oui madame ?
La Dame : A quelle heure par le train pour New-York ?
Le chef de gare : 18h56 madame, Monsieur le prend également
La Dame : Nous voyagerons donc ensemble cher Monsieur, venez vite, nous allons être en retard, vite
Bent : Je ne crois pas que nous nous connaissons !!
La Dame : Nous nous présenterons plus tard cher Monsieur
Bent : Si vous le dites
Ils montent dans le train.
La Dame : Ouf, c'était moins une
Ben s'assoit sans rien dire, la Dame en fait autant.
La Dame : J'espère seulement qu'il y aura un service digne de ce nom dans ce train, vous ai-je dit que j'appartenais à la plus grande fortune d'Allemagne ?
Bent : Non
La Dame : Je vais d'ailleurs rejoindre mon mari à New-York, un ancien militaire de la grande guerre, un bel homme, il a toujours été contre les idées d'Hitler, mais que voulez-vous la guerre et la guerre, avez-vous connu la guerre ?
Bent : Non
La Dame : Bien sur vous êtes trop jeune, et vous avez toute la vie devant vous devez avoir l'âge de ma fille Magda, une charmante fille et presque mariée avec un anglais, vous êtes marié ?
Bent : Non
La Dame : Bien sur vous avez le temps, je crois même que vous devez avoir toutes les jeunes filles à vos

pieds, un si bel homme tel que vous, oh excusez-moi, moi je ne me suis pas présenté je suis Madame Henger, et vous ?

Bent ment.

Bent : Sir Gordon

La Dame : Enchanté Sir Gordon, avez-vous un lien de parenté avec Giorga Gordon de

Pennsylvanie ? Une personne charmante !

Bent: Non je ne connais pas cette personne!

La Dame : Et qu'allez-vous faire à New-York ?

Bent: Des affaires!!

La Dame : Quels genres d'affaires ?

Bent: Personnelles....

La Dame : Ah je vois, vous allez rejoindre votre fiancée ou votre épouse, elle en a de la chance

Bent: En quelque sorte....

La Dame : Moi j'ai fait la connaissance de mon époux il y a trente-cinq ans

Bent *de plus en plus agacé* : Ravi de l'apprendre

La Dame : Oui nous nous sommes rencontré à l'occasion d'un gala de charité et vous comment l'avez-vous rencontré ?

Bent *au bord de l'énervement* : Par hasard

La Dame : Comme c'est romantique, le destin fait bien les choses, croyez-vous au destin ?

Bent: NON

La Dame : Moi j'y crois beaucoup, mon époux ne cesse de me répéter que si je ne l'avais pas rencontré je me serai marié avec le destin ne trouvez pas cela amusant ?

Bent *En marmonnant* : La ferme !!!

La Dame : Pardonnez-moi mais je n'entends pas bien ce que vous dites

Bent: J'ai dit la ferme!!!!

Il se lève prend sa valise et quitte le compartiment sous les yeux effrayés de la Dame, et arrive dans le wagon restaurant, il s'assoit et appel un serveur.

Bent: Serveur!
Le serveur arrive.
Le serveur : Oui Monsieur ?
Bent: Apportez-moi une assiette de bacon, un rôti, un morceau de pudding et une tasse de café je vous prie
Le serveur : Certainement Monsieur
Il jette un œil attentif sur sa valise, prend le journal qui était posé sur la table et le lit, un contrôleur passe à ce moment.
Le contrôleur : Votre billet Monsieur
Il prend le billet dans sa poche qu'il donne au contrôleur.
Bent: Voila
Le contrôleur : Merci Monsieur
Il lui rend.
Bent: A quelle heure arrivons-nous ?
Le contrôleur : Dans 1h45 Monsieur, effectuez-vous un agréable voyage?
Bent: Très bien je vous remercie
Le contrôleur : N'hésitez pas à sonner au garçon de table si vous avez besoin de quoique ce soit ! Au revoir, bon voyage Monsieur !
Il part, le serveur arrive.
Le serveur : Voilà Monsieur
Il pose le plat sur la table.
Bent: Voilà un service rapide simple et efficace
Le serveur : Nous essayons toujours de satisfaire notre clientèle, bon appétit monsieur !!
Bent: Merci
Le serveur part, Bent commence à manger.
Le train arrive à New-York, Bent descend, s'avance vers une cabine téléphonique, il appelle le manoir.
Bent: Bonjour ma chère, oui je les ai, parfait je vous attends à la gare centrale
Il raccroche, et va s'asseoir sur un banc, une heure après, Luciferna arrive.

Luciferna: Alors où sont-ils ?
Bent: là
Il montre la valise.
Luciferna: Mais c'est impossible !!!
Bent: Le travail est avancé
Luciferna: Merveilleux, venez ne restons pas là !
Ils sortent de la gare prennent la voiture pour arriver au manoir de Luciferna.
Luciferna: Vite montrez les moi !!!
Il ouvre la valise.
Luciferna: Oh mon dieu !!! C'est magnifique le compte y est ?
Bent: Oui, 85 chiots
Luciferna: Imbécile il m'en fallait 103
Bent: Mais selon la liste…
Luciferna: Selon la liste que je vous avais fournie il était bien précisé 103 labradors triple idiot !!
Bent: J'ai peur de comprendre
Luciferna: Vous comprenez juste, repartez d'où vous venez et finissez votre tâche !!!
Bent: Comme vous voudrez, où es que je peux laisser la valise ?
Luciferna: Vous ne croyez tout de même pas que je vais risquer la prison une troisième fois ?
Votre valise repart avec vous !!
Le soir même Luciferna est dans sa chambre, assise devant une coiffeuse, un écrin comportant une émeraude en pendentif est posé sur la table au milieu des produits de beauté de toutes sortes. Elle se prépare pour une soirée organisée au manoir.
Luciferna: Karl !!!
Karl : Oui….
Luciferna: Venez m'aider à accrocher l'émeraude
Karl : Bien Madame
Luciferna: Ne me va-t-elle pas à ravir ?
Karl : Certainement madame

Luciferna: Tous est-il prêt en bas ?

Karl : Oui Madame, la table est dressée pour cinquante-quatre convives, certains sont déjà là !!

Luciferna: Très bien, le juge Watson est arrivé ?

Karl : Le juge… le juge Watson ?

Luciferna: Si je ne veux plus avoir à faire à la police, il faut que je l'amadou

Karl : Quelle idée diabolique !!

Luciferna: Précisément

Elle se lève.

Luciferna: Suivez-moi !

Ils descendent dans la salle de réception. Composée d'un lustre en Cristal, une table avec un somptueux festin, un orchestre joue des valses de Strauss, Karl secoue une cloche.

Karl : Madame Dey !

Luciferna entre.

Luciferna: Mes chers amis, quel plaisir !!!

Le juge Watson : Madame Dey

Luciferna: Juge Watson, merci d'avoir accepté mon invitation

Le juge Watson : C'est un plaisir madame, prenez mon bras !!

Luciferna: Oh quel galant homme vous faites !!!

Le juge Watson : C'est tout naturel !

Luciferna: Tout de même faire le voyage depuis Londres pour moi, j'avoue que cela me touche beaucoup

Le juge Watson : J'avais justement envie de visiter New-York, l'on dit que les parcs sont merveilleux en cette saison

Luciferna: C'est un fait cher ami, asseyez-vous !!
Karl !! Allez prévenir en cuisine qu'ils servent le dîner !

Karl : Bien madame

Luciferna: Juge Watson, j'ai fait préparer un hareng fumé, vous m'en direz des nouvelles !

Les serveurs arrivent avec le hareng.
Un domestique : Hareng à la française !
Le juge Watson : Quelle belle pièce !
Luciferna: Êtes-vous connaisseur Juge Watson ?
Le juge Watson : Je pratique en effet cette activité durant mes congés et je dois dire qu'il m'est même arrivé de faire de belles prises
Luciferna: Oh ! De quels genres ?
Le juge Watson : Des espadons, des poissons de toutes espèces
Luciferna: Vous disposez d'un bateau je suppose
Le juge Watson : En effet chère madame ! ce hareng est une merveille
Une heure plus tard.
Le juge Watson : Madame Dey, me feriez-vous l'honneur ?
Luciferna: Avec joie Juge Watson
Ils dansent sur la valse d'automne.
Le lendemain matin.
Luciferna: Karl, avez-vous, le juge Watson hier soir ?
Rire diabolique.
Karl : Je dois dire que vous l'avez bien berné
Luciferna: Que voulez-vous Karl, on ne peut pas lutter contre moi ! Luciferna Dey, gagne toujours
Karl : Je…je n'en ai jamais douté….
Luciferna: Avez-vous des nouvelles de Bent
Karl : Il est parti finir son travail en Ukraine
Luciferna: En Ukraine ?
Karl : Oui c'est le dernier pays que vous lui avez indiqué
Luciferna: Je vois que pour une fois l'on exécute à la lettre mes directives n'est-ce pas Karl ?
Karl : Oui
Luciferna: Il se débrouille plutôt bien pas comme tous ces incapables
Karl : De qui parlez-vous ?

Luciferna: Hector et Joris en priorité !!!
Karl : Je vois....
Luciferna: Et puis désormais, vu ma soirée passée avec le Juge Watson nous devrions être tranquille pour la suite des opérations
Karl : Voilà…. une bonne nouvelle…
Luciferna: Vous allez appeler Bent sur le champ !! Dites-lui qu'il ne revienne pas avant que le travail ne soit intégralement accompli
Karl : Tout de suite Madame
Il prend le téléphone et compose le numéro.
Karl : Bonjour, ici le manoir Dey, Madame me fait dire de ne pas revenir avant que le travail ne soit intégralement accompli
Il raccroche.
Luciferna finit d'écrire une lettre, elle lui tend.
Luciferna: Portez cette lettre à mon banquier !!
Karl : Votre … votre banquier ?
Luciferna: Jefferson imbécile
Karl : Bien Madame
Il prend la lettre et sort.
Luciferna *(fumant une cigarette)* : N'a ton jamais vu pareil crétin ?
En Ukraine, Bent se rend dans la maison d'un ancien éleveur de chien Monsieur Hatsion, il lui restait 10 caniches, 18 labradors, et 18 bébés dalmatiens. Il sonne à la porte, un domestique lui ouvre.
Le domestique : Vous désirez monsieur ?
Bent: Pourrais-je m'entretenir avec Monsieur Hatsion ?
Le domestique : Certainement Monsieur
Il va chercher Monsieur Hatsion.
Le domestique : Monsieur, il y a quelqu'un qui voudrait vous voir
Monsieur Hatsion: Faites-le entrer !!
Le domestique : Entrez Monsieur !
Il entre.

Bent: Monsieur Hatsion, laissez-moi me présenter Monsieur Peterson, photographe de chiens pour Dog magazine, je voudrais vous poser quelques questions sur votre chenil
Monsieur Hatsion: Je ne vois pas quelles questions vous pourrez me poser, il me reste approximativement une quarantaine de chiens
Bent: Pourrions-nous être seul ?
Monsieur Hatsion *au domestique* : Hantz laissez-nous seul je vous prie
Le domestique sort, *-à Bent-* alors quelles questions voulez-vous me poser ?
Bent: Je désire achetez vos bébés *labradors* !!
Monsieur Hatsion: Je vous demande pardon ?
Bent: Je pense m'être suffisamment fait comprendre, je désire acheter vos chiens pour le magazine
Monsieur : Vous n'êtes pas photographe ?
Bent: Naturellement c'est le directeur Monsieur Hacker qui m'envoie !!
Monsieur Hatsion: Je crains que cela ne sera pas possible, voyez-vous je suis terriblement attaché à mes chiens
Bent le serait vous toujours pour 20 milles dollars ?
Monsieur Hatsion: Vous ne manquez pas d'audace !!
Bent: Tentes mille ?
Monsieur Hatsion: C'est en effet une somme intéressante….
Bent: Alors que décidez-vous ?!!!
Monsieur Hatsion: J'accepte
Il sortit une liasse de billets de l'intérieur de son manteau, il lui tend.
Bent: Tenez !!
Il s'en saisit.
Bent: Où sont les chiens ?
Monsieur Hatsion: Dans mon chenil, dehors, mon domestique va vous y conduire

Bent: Ca ne sera pas nécessaire
Il part vers le chenil, prend les chiots, sort, se rend en pleine forêt dans laquelle il leur fait subir le même sort que les autres, avant de repartir pour la gare. Arrivée à New-York il se rend chez Ethan Cook, un fourreur ayant souvent travaillé pour Luciferna. Bent tape à la porte un homme costaud lui ouvre.
Ethan Cook : Oui ?
Bent: Bonjour Monsieur, j'ai un travail pour vous !
Ethan Cook : Entrez !
Ils rentrent, Ethan Cook referme la porte.
Ethan Cook : De quoi s'agit -il ?
Bent pose la valise sur la table, et l'ouvre.
Ethan Cook : Je vois
Bent: Veillez à faire ça dans la plus haute discrétion
Ethan Cook : Entendu !!
Bent: Pour quand ?
Ethan Cook : Dans un mois
Bent: Elle n'attendra pas si longtemps
Ethan Cook : J'ai beaucoup de travail en ce moment
Bent: Il s'agit de Madame Dey ne l'oubliez pas !!
Ethan Cook : Dans trois semaines
Bent: Deux semaines !!!
Ethan Cook : Entendu
Bent: Prévenez-moi dès que c'est fait
Il part.
Luciferna dans le salon, attend avec impatience des nouvelles de Bent.
Luciferna: Karl
Karl : Oui…madame…
Luciferna: Des nouvelles de Bent ?
Karl : Non Madame
Luciferna: Cette situation devient insupportable, depuis combien de temps à t il quitté New-York ?
Karl : Ca va faire deux mois….
Luciferna: Appelez-le !!!!

Karl : Que….
Luciferna: Tout de suite crétin !!!
Karl : A vos ordres
Luciferna: Et passez-le-moi !!
Il prend le téléphone et compose le numéro.
Karl : Allô, Monsieur, oui ici le manoir de Madame Dey…oui….
Luciferna se lève et lui arrache le combiné des mains.
Luciferna: Mais enfin où êtes-vous ?!!!!, cela fait bientôt deux mois que vous êtes partis !!!!oooohh, fort bien, ahhhhhhh, merveilleux
Elle raccroche.
Luciferna: Karl, apportez-moi le dossier !!!
Karl : Le dossier ?
Luciferna: Le dossier que je vous ai donné en rentrant de la banque imbécile !!!!
Il va prendre le dossier puis lui apporte, elle lui arrache des mains, l'ouvre.
Luciferna: L'imbécile ! Passez-moi le téléphone !!
Il lui passe le téléphone.
Luciferna: Jefferson ! Comment osez-vous ?!!! Vous m'aviez dit que l'argent serait sur mon compte ce soir !!! Il me faut cet argent demain matin !!! Débrouillez-vous ou je veillerai personnellement à ce que vous ne travailliez plus dans une banque !!!
Elle raccroche et lance le dossier violemment à travers le salon..
Deux semaines plus tard, Bent qui vaquait à ses occupations, entend le téléphone sonner, il décroche.
Bent: Allô !!!, parfait j'arrive
Il raccroche se lève, prend son manteau et part, et arrive 20 minutes plus tard chez Ethan Cook, il frappe à la porte, il lui ouvre.
Bent: Où est -il ?
Ethan Cook : L'argent d'abord !!
Bent: Elle vous payera en temps voulu

Ethan Cook : Fort bien mais qu'elle paye dans les trois jours sinon je préviens la police
Bent: Vous oseriez ?
Ethan Cook : Oui
Bent: Donnez-moi le manteau
Ethan va ouvrir une armoire et en ressort une grosse valise, il la pose sur la table, l'ouvre.
Bent: Luciferna Dey vous en sera d'une grande reconnaissance
Il ferme la valise, et part.
Dans son manoir, Luciferna, fais les cents pas, impatiente d'avoir enfin son manteau en peaux de bébés chien, on frappe à la porte, Alonzo va ouvrir.
Bent: Où est Madame ?
Luciferna: Je suis là !!! Où est -il ?
Il lui désigne la valise.
Bent: Cook demande d'être payé dans trois jours
Luciferna: Il le sera
Bent pose la valise sur la table de marbre, et l'ouvre, elle regarde le manteau.
Luciferna: OOhhhh !!!! Enfin !!!! Oh quelle merveille !!!!!!! hahahahaahahahahahaahahahahahahahahah, victoire pour Luciferna !!!
Trois jours plus tard, Luciferna, portait son très cher manteau en peau de bébés chiens, ce qui la rendait encore plus arrogante.
Luciferna: Karl
Karl : Oui madame
Luciferna: Du courrier ?
Karl : Oui
Luciferna: Et bien donnez donc
Elle se regarde dans un miroir, Alonzo lui donne une lettre, elle l'ouvre.

Ahhhhhhhhhhhhh,
Karl : Madame ….
Luciferna: L'imbecile
Karl : Que se passe-t-il ?
Luciferna: Il se passe que cet abruti de banquier à fait clôturer tous mes comptes !!!!! Il ne me reste plus rien !!!!! Faites venir Bent !!!!
Une heure plus tard Bent arrive, il frappe à la porte, Karl lui ouvre, il entre, Karl referme la porte.
Luciferna: Asseyez-vous !!
Bent: Je suppose que vous m'avez fait venir pour payer Cook !!!
Luciferna: Non
Bent: Pourquoi alors ?
Luciferna lui tend la lettre.
Luciferna: Lisez
Il la lit.
Bent: Je ne comprends pas
Luciferna: Cela semble assez clair
Bent: Vous n'avez plus d'argent ?
Luciferna se contente de souffler une fumée
Bent: Je vois, que comptez-vous faire ?
Luciferna: C'est vous qui allez faire quelque chose
Bent: Voler l'argent ?
Luciferna: Non
Bent: Qu'attendez-vous de moi ?
Luciferna: Vous allez tuer Cook !!!!
Bent: Je ne peux pas
Luciferna: Vous refusez ?
Bent: Catégoriquement !!!
Luciferna: Bien alors je ne vois pas d'autre solution que de prévenir la police
Bent: Quoi ?!!!!
Luciferna : Oui après tous vous avez fait l'objet de recel et de meurtre sur de pauvres petits êtres sans défenses

Bent : Mais c'est vous qui….
Luciferna : Karl
Karl *sort une arme à feu.*
Luciferna : Les mains en l'air, attachez-le solidement
Elle prend l'arme et la pointe sur Bent, Karl l'attache sur une chaise.
Luciferna : Maintenant vous allez dire à Cook de venir !!!!
Bent : Ou sinon ?
Luciferna : Sinon je contacte le juge Watson et croyez-moi vous n'y échapperez pas
Karl composez le numéro et placez-le à l'oreille de notre hôte
Il obeit.
Bent : Cook, ici Bent, je vous appel du manoir de Luciferna Dey, nous vous attendons pour le paiement, bien… à toute à l'heure
Karl raccroche.
Luciferna : Maintenant assommez-le
Bent : Madame, Non
Luciferna : De la pitié maintenant ?
Karl l'assomme avec une matraque.
Enfermez-le dans la cave, je m'occupe de Cook.
Il l'emmène, Luciferna, attend Cook dans le salon avec le revolver. On tape, elle ouvre.
Luciferna : Bonsoir Cook, entrez je vous en prie
Il entre.
Elle se saisit de la matraque attend qu'il soit de dos puis l'assomme, Alonzo arrive.
Portez-le dans la cave avec l'autre !!!
Il obeit, elle le suit, ouvre la porte.
Luciferna : Posez le-là !!!!
Bent reprend connaissance.
Bent : Vous l'avez tué
Luciferna : Ce ne sont pas vos affaires
Bent : Vous ne vous en sortirez pas comme ça cette

fois !!!
Karl l'assomme, Luciferna pointe l'arme sur lui.
Luciferna : Maintenant à vous
Karl : Madame ….
Luciferna : Vous êtes le denier à savoir, les mains derrière le dos !!!Plus un mot
Elle lui attache les mains et le bâillonne à son tour
Luciferna : Au revoir messieurs ahahahaahahahaahah
Elle part, en fermant la porte à clef, quelques heures plus tard Luciferna, se pomponne dans sa chambre, une gosse valise enfermant le manteau et posée sur le lit, le téléphone sonne.
Luciferna : Allô !!, Juge Watson !! Que voulez-vous ? je suis pressée !!, un dîner ? Impossible je pars pour l'Angleterre ce soir !!......
Elle réfléchit un instant et pense qu'il peut lui être utile
Mais je peux très bien me libérer, entendu je serai chez vous à 21h au revoir !!!!
Elle raccroche, ferme la valise, part, et arrive chez le juge une heure après, elle tape à la porte, un domestique lui ouvre.
Le domestique : Bonsoir Madame…
Le domestique lui retire son manteau et va le ranger.
Le juge Watson : Luciferna quel plaisir !!!!
Luciferna : Bonsoir votre honneur
Elle lui tend la main, il lui fait un baise main.
Le juge Watson : Jeffrey, débarrassez Madame de sa valise
Luciferna : Non je la garde !!
Le juge Watson : Comme vous voulez !! Asseyez-vous donc, Jeffrey apportez nous deux Gins, Luciferna permettez-moi de vous offrir ce modeste présent.
Elle le prend, l'ouvre et tombe sur un collier de saphir
Luciferna : Juge Watson, je ne sais quoi dire vraiment !!!
Le juge Watson : Il vous plaît ?

Luciferna : Il est fabuleux en effet !
Le juge Watson : Luciferna
Luciferna : Oui ?
Le juge Watson : Comment vous dire… ? il est vrai que cela est difficile
Luciferna : Parlez donc
Le juge Watson : Je…depuis notre délicieuse soirée je ne cesse de penser à vous
Luciferna : Grand dieux !!!
Le juge Watson : Voulez-vous m'épousez ?
Luciferna : Jamais !!
Le juge Watson : Vous refuser ?
Luciferna : Oh je vous en prie-t-il ne peut en être autrement !!!
Le juge Watson : Quelles sont vos raisons ? Croyez-moi que si vous refusez je n'hésiterai pas à remettre votre liberté en question !!
Luciferna : Comment osez-vous ?!!!!!
Elle a une idée.
Mais naturellement, voulez-vous venir chez moi demain pour le thé ?
Le juge : Tout ce que vous voudrez ma chère
Il lui fait un baise main, et dit au domestique de lui apporter son manteau elle le met elle part.
Le lendemain Luciferna avait tout prévu, on tape.
Luciferna : Entrez !!!
Il entre referme la porte.
Le juge Watson : C'est moi chérie
Luciferna : Par ici mon ami
Il avance et tombe sur Luciferna qui sort de l'obscurité avec un revolver pointé sur lui.
Luciferna : Bonsoir Juge Watson !!!
Le juge Watson : Qu'est-ce que ça veut dire ???
Luciferna : La ferme !! Les mains en l'air !!!!
Le juge Watson lève les mains.
Luciferna : Maintenant vous allez me suivre gentiment

et pas de faux pas !!!!

Le juge Watson : Je vous enverrai en prison à perpétuité !!!

Luciferna : Rassurez-vous je serai déjà loin, avancez !!!

Ils avancent, elle l'ouvre la porte de la cave.

Entrez !!!!

Il rentre, elle le fait asseoir et lui ligote les mains et les jambes.

Le juge Watson : Vous ne vous en sortirez pas comme ça !!!!

Luciferna : Vous croyez !!!

Elle sort une matraque et lui donne un coup sur la tête, qui lui fait perdre connaissance, elle part en fermant la porte. Quelques minutes plus tard Bent reprit connaissance, il se débat pour tenter de se libérer et y arrive, Cook se réveille à son tour.

Bent : Cook Regardez !!!

Ethan Cook : Qui esse ?

Bent : Le juge Watson !!

Ethan Cook : Elle est donc capable de tout, détachez-moi

Bent : Je vais essayer !!!

Il essaye mais n'y arrive pas.

Il est beaucoup trop serre

Ethan Cook : Essayez encore

Il réussit.

Vous croyez qu'on doit les libérés ?

Bent : Oui, allons-y

Le juge Watson se réveille tandis que Bent et Cook tentent de desserrer les liens.

Le juge Watson : Qui… qui êtes-vous ????

Bent : Nous allons vous expliquer

Pendant ce temps, Luciferna attend son avion dans la salle d'embarquement, un petit garçon passe avec sa mère elle la regarde.

Le petit garçon : Maman....

La mère : Oui Geoffrey
Le petit garçon : Elle me fait peur
La mère reconnaît Luciferna.
La mére : Aller viens
Il regarde luciferna, elle le suit du regard en fumant sa cigarette.
L'hotesse : Tous les passagers du vol 1676 sont priés de se présenter pour embarquer
Luciferna se lève et part, tandis que au manoir....
Bent : Vous vous sentez mieux juge Watson ?
Le juge Watson : Oui bien mieux je vous remercie
Bent : Buvez un peux
Il sortit une petite bouteille d'alcool, il en boit une gorgée.
Bent:Juge Watson, savez-vous ce que contient la valise se Luciferna ?
Le juge Watson : Non elle n'a pas voulu s'en séparer
Bent : Réfléchissez, reprenez vos esprits
Le juge Watson : J'ai peur de comprendre....
Bent : Mmm
Le juge Watson : Mais comment…à telle fait ?
Cook et Bent se regardent.
Bent : Nous étions ses complices
Ethan Cook : Bent !!!
Bent : Cook, ça sert à rien il faut tout avouer
Le juge Watson : Continuez....
Bent : Elle m'a fait traverser le monde entier pour tuer 103 labradors
Le juge Watson : Mais pourquoi les autorités ne m'ont pas prévenues ?
Bent : Personne n'était au courant et Monsieur Cook ici présent à confectionné son manteau
Le juge Watson : Je vois....
Le juge regarde Karl encore inconscient.
Et lui ?
Bent : Lui n'y est pour rien

Le juge Watson : Vous croyez qu'elle est loin maintenant ?
Bent: Ça je n'en sais rien....
Le juge Watson : Et je suppose qu'il n'existe aucun moyen de sortir d'ici
Karl reprend connaissance.
Bent : Karl
Karl : Humm…monsieur Bent....
Bent : Il y a-t-il un moyen de sortir ?
Karl : La porte est en acier, elle ne peut pas s'ouvrir de l'intérieur
Bent : Alors elle va gagner
Le juge : Tôt ou tard les autorités la coinceront
Bent : Nous sommes les seuls à le savoir
Le juge Watson : Alors il faut prévenir la police
Ethan Cook : Et comment comptez-vous faire ? Nous sommes enfermés dans la cave d'un manoir qui se trouve à seize kilomètres de New-York
Le juge Watson : Avez-vous un téléphone ?
Bent: Oui mais je crains fort qu'il n'y ait pas de réseau....
Le juge Watson : Nous pouvons quand même essayer
Bent prend son téléphone.
Bent : Regardez-vous même
Le juge Watson : Qu'allons-nous faire ?
Karl : Attendre un miracle....
Ethan Cook : Il y a forcément un moyen
Karl : Aucun je vous assure...qu'allons-nous devenir alors ?
Le juge Watson : Monsieur Cook ?
Ethan Cook : Oui ?
Le juge Watson : Avez-vous des outils dans votre valise ?
Ethan Cook : Oui pourquoi ?
Le juge Watson : Alors nous avons une chance
Bent: Expliquez-vous

Le juge Watson : Karl qu'il y a-t-il sous cette trappe ?
Karl : Des câbles électriques de l'alarme
Le juge Watson : A quoi donc est liée l'alarme ?
Karl : Au commissariat...
Le juge Watson : Mais pourquoi vous ne l'avez pas dit plutôt ?
Bent : Mais enfin expliquez vous
Le juge Watson : En coupant le bon fil, nous déclencherons l'alarme et ferons venir la police
Ethan Cook : Brillante idée Monsieur le Juge
Il lui donne une Pince, le Juge la prend.
Le juge Watson : Croyez-moi cette fois-ci on va la boucler pour de bon
Il coupe, une alarme retentit.
Maintenant nous n'avons plus qu'à attendre
Karl : Espérons qu'il n'est pas déjà trop tard….
L'officier Hockings et un membre de la police arrive au manoir, ils ouvrent la porte et entrent.
L'officier : Madame Dey !!!!
Le policier : Il y a quelqu'un
L'officier : Fouillez la maison
Le policier : A vos ordres
Il avance dans la maison descend les escaliers et entends les cris.
Le juge Watson : A l'aide nous sommes là, à l'aide
Le policier : Ne vous inquiétez pas on arrive
Il court vers le hall et arrive essoufflé.
L'officier : Et bien John que vous arrive-t-il ?
Le policier : Dans la cave.... Des prisonniers….
Sans attendre ils courent vers la cave et arrivent à la porte ils l'ouvrent et rentrent.
L'officier : Juge Watson que faites-vous ici ?
Le juge Watson : C'est Luciferna
L'officier : Miss Dey ?
Le juge Watson : Pas le temps de discuter, envoyer vos hommes à l'aéroport de New-York

L'officier : Mais que se passe-t-il ?
Le juge Watson : Il se passe qu'elle à recommencer
L'officier : Je vous demande pardon ?
Le juge Watson : En ce moment même elle se prépare à embarquer pour un vol pour Londres avec son manteau
L'officier : Son manteau ?
Le juge Watson : En peau de bébés chiens
L'officier *au policier* : Appelez de suite Londres dites-leur de se rendre à l'aéroport !
Le policier : A vos ordres
L'officier : Et faites venir un hélicoptère, je vais me rendre sur place !
Le juge Watson : Je vous accompagne !
L'officier : Non Juge Watson, rentrez chez vous ça vaut mieux, je vous fais appeler un taxi
Luciferna arrive à Londres, elle descend suivit d'une hôtesse, le commissaire Kramer s'avance vers elle suivit de deux policemans.
 Kramer : Luciferna Dey ?
 Luciferna : Oui ?
 Kramer : Vous êtes en état d'arrestation
 Luciferna : Pour quelle raison je vous prie ?
 Kramer : Pour le meurtre et le kidnapping de 103 bébés chiens
 Luciferna: Vous commettez une grave erreur, je vais en informer le juge Watson !!!
 Kramer : C'est lui qui nous envoi
 Luciferna : Le juge Watson
 Kramer : Oui c'est fini pour vous Luciferna montez !!!!
Elle monte dans la voiture de police, un policier lui prend sa valise, ils l'ouvrent.
Kramer : Pauvres bêtes
Il la referme et la prend dans sa voiture, ils démarrent pour la prison.
Une semaine plus tard, Luciferna entre dans la salle d'audience accompagnée de deux policemans, le juge

Watson, Karl, Bent, et Ethan Cook étaient venus pour le procès.
Le juge Watson : Silence ! Silence dans la salle !!!
Il tape avec son marteau.
Que l'accusée s'assoit
Elle s'assoit.
Luciferna Dey, vous vous êtes rendu coupable une fois de plus du vol de chiens reconnaissez-vous les faits ?
Luciferna: Mon cher Watson, il est vrai que par le passé j'ai commis des vols de labradors, mais je ne suis en aucun cas responsable du vol des 103 autres !!!
Le juge Watson : Qui alors ?
Luciferna: Bent Harison
Le juge Watson : Monsieur Harisson, aura mon éternel gratitude pour m'avoir libéré des cordes avec lesquelles vous m'avez attaché et séquestré dans votre Luciferna !
La salle : Oh !!!!!!!!!!!!
Luciferna les regarde avec mépris.
Le juge Watson : Étaient avec moi Monsieur Ethan Cook, et Karl votre maître d'hôtel, reconnaissez-vous les faits ?
Luciferna ne répond pas.
Un avocat : Répondez à la cour !!!
Luciferna: Oui
La salle : Oh !!!!!!!!!!!!
Le juge Watson : Silence, silence ou je fais évacuer la salle, Madame Dey ! Reconnaissez-vous également vous êtes rendu coupable d'avoir fait tuer ses chiots pour confectionner votre manteau ?
Luciferna: Oui….
Le juge Watson : Puisque vous reconnaissez tous les faits, je vous envoie passer le reste de votre vie sur une île déserte !!!, Karl, Bent Harisson, et monsieur Ethan Cook, seront graciés pour m'avoir sauvé la vie et m'avoir informé de vos actes, vous partirez à minuit !!
Il tape trois fois.

Emmenez-la en cellule !!!!

Elle part sous le regard de la foule. Le lendemain matin, un gardien vient la chercher et l'emmène à hélicoptère devant la prison, elle monte, jette un regard au policier.

Luciferna: L'ont dit que les îles sont peuplées de jacquards et de léopards, qu'en dit vous ?

Elle sourit, il l'a fait monter, referme la portière, et s'envole.

© 2017, Alexy Laurenzi

Edition : BoD - Books on Demand
12/14 rond-point des Champs Elysées, 75008 Paris
Impression : Books on Demand GmbH, Norderstedt, Allemagne
ISBN : 9782322137701
Dépôt légal : janvier 2017